www.tredition.de

AF204243

Alfonso Izquierdo von Paller

"Das Gegenteil von arid ist b(e)rid"

Stilblüten des deutschen Schulalltags

© 2017 Alfonso Izquierdo von Paller
Umschlag, Illustration: Dirk Thoenissen

Verlag: tredition GmbH, Hamburg

ISBN
Paperback: 978-3-7439-6086-2
Hardcover: 978-3-7439-6087-9
e-Book: 978-3-7439-6088-6

Verlag und Druck: tredition GmbH, Halenreie 40-44, 22359 Hamburg

Vorwort

Schon seit jeher habe ich eine große Schwäche für sogenannte Stilblüten. Mit anderen Worten kann ich mich herrlich über Versprecher, verunglückte Aussagen und sinnverfremdete Gebilde der deutschen Sprache amüsieren. Hierbei nehme ich mich selbst nicht aus, sondern lache auch gerne über meine eigenen Sprachunfälle. An dieser Stelle sollen diese jedoch eher in den Hintergrund treten. Es geht um die kleinen, aber feinen Missgeschicke der Anderen. Und hiervon finden sich zahlreiche! Allein im Internet stößt man alle naselang auf Seiten, die eine ebensolche Schwäche des Verantwortlichen für diese Stilblüten beweisen. Diese finden sich sowohl im privaten Bereich als auch in der (prominenten) Öffentlichkeit. Schließlich lassen uns auch Schauspieler, Nachrichtensprecher oder aber auch Politiker häufiger einmal schmunzeln, beabsichtigt oder nicht.

In meiner Tätigkeit als Gymnasiallehrer treffe ich vielleicht nicht täglich, aber doch häufig, auf Formulierungen seitens der Schüler, die ich in diesem Zusammenhang gerne mit dem Leser teilen möchte. Darüber hinaus ist dieses Verfahren in der Schule ja schon lange bekannt. So findet sich doch annähernd in einer jeden „Abizeitung" eine Rubrik namens „Sprüche" oder „Zitate", die eben genau dieses tut. Dort werden dann, ohne auch nur den geringsten Anspruch auf Anonymität zu gewähren, Schüler wie auch Lehrer mit ihren sprachlichen Entgleisungen zitiert und konfrontiert. Warum nicht einfach mal den Spieß jetzt umdrehen?

Zuallererst möchte ich hierbei betonen, dass ich die Anonymität der Zitierten garantieren kann. Darüber hinaus sehe ich mich zur Niederschrift dieser Schülerzitate dadurch berechtigt, da ich auf unserer (nicht mehr existenten) privaten Homepage eine ebensolche Rubrik angelegt hatte, die großen Zuspruch von Schülerseite erfuhr. Immer wieder wurde ich von Schülerseite darauf angesprochen, wann es denn wieder endlich Neuigkeiten gäbe. Wären sie halt produktiver gewesen!

Im Folgenden findet der geneigte Leser also eine Zusammenstellung diverser Versprecher und sprachlicher Entgleisungen, darüber hinaus aber auch ebensolche in schriftlicher Art, die über die Jahre in den verschiedenen schriftlichen Arbeiten der Schüler zu finden waren. Hierbei handelt es sich um Hausaufgaben, Besinnungsaufsätze, schriftliche Leistungsüberprüfungen und Klausuren. Bei den Zitaten der schriftlichen Entgleisungen und Missgeschicke legte ich bewusst Wert darauf, etwaige Rechtschreibfehler, Fehler bezüglich des Satzbaus unverändert zu übernehmen, weil schließlich in ihnen die eigentliche Pointe bestehen konnte.

Der Einfachheit und Anonymität halber findet sprachlich einzig der männliche Schüler Einzug in das Werk, wobei ich im Sinne der Gleichberechtigung an dieser Stelle gerne darauf verweise, dass selbstverständlich auch Schülerinnen wertvollen Input geleistet haben. Rückblickend vermag ich jedoch nicht, eine geschlechterspezifische Unterscheidung bezüglich der Häufigkeit der Stilblüten vorzunehmen. In wenigen Ausnahmefällen war es jedoch dennoch sinnhaft das Geschlecht eindeutig zu benennen, da dies für die Pointe unerlässlich erschien.

Ich muss auch darauf hinweisen, dass einzelne Stilblüten mit dem Hinweis auf die Klasse 13, also das 13. Schuljahr versehen sind. Dies liegt natürlich daran, dass die vorliegende Sammlung über die Jahre gewachsen ist und dementsprechend auch schon vor der Umstellung auf das sogenannte „G8", also die gymnasiale Bildung in acht statt neun Jahren, wachsen und gedeihen durfte. Dies ist im vorliegenden Zusammenhang lediglich als Hinweis auf das mindestens erreichte Alter des Zitierten interessant. Alter schützt vor Torheit nicht!

Mir ist sehr wichtig, darauf hinzuweisen, dass ich dieses Projekt nicht mit irgendeinem Missmut oder einem unterschwelligen Zorn verfolge. Es geht mir einzig um eine Art von Humor, den ich sehr genießen kann und den ich hiermit teilen möchte.

Vielmehr danke ich also meinen Schülern, dass sie über die Jahre hinweg in unermüdlicher Manier Stoff für dieses Projekt lieferten. Ich hoffe sehr, dass auch sie im Rückblick herzlich darüber lachen können. Vielleicht sieht sich ja der ein oder andere sogar wieder.

Mein besonderer Dank gilt darüber hinaus meinem guten und langjährigen Freund Dirk Thoenissen, der seine kostbare Freizeit darauf verwendet hat, mir seine Kreativität und zeichnerischen Fähigkeiten zur Verfügung zu stellen!

Nettetal, im November 2017

So gehört, gelesen, bestaunt in deutschen Klassenzimmern...

Geschichte, Klasse 9, Thema – Imperialismus:

Lehrer: „Was stellt ihr euch denn überhaupt unter dem Begriff der friedlichen Eroberung vor?"

Schüler: "Die hatten mit Krieg eben nicht viel an der Mütze!"

Kreative Eingabe…

Erdkunde, Klasse 9, Thema – Wind und Wetter:

Lehrer: „Wie kommt denn dieser Steigungsregen zustande?

Schüler: "Wenn der Schnee schmilzt, dann kommt es zu Nieselregen."

Eine unglaubliche Logik, die sich mir nur schwerlich erschließt!

Politik, Klasse 5, Thema – Recht und Gesetz:

Lehrer: „Wer macht denn die Gesetze in Deutschland?"
Schüler: "Die Gesetzesmacher!"

Die Frage war wahrscheinlich einfach nicht anspruchsvoll genug!

Erdkunde, Klasse 11, Thema - Migration:

Lehrer: „Welche Gründe können für eine Flucht aus dem Heimatland vorliegen?"

Schüler: "Dass den Leuten der Himmel auf den Kopf fällt!"

Da hat wohl jemand Asterix und Obelix zu ernst genommen.

Erdkunde, Klasse 12, Thema - Karteninterpretation:
Schüler beschreibt das Relief: "Der Fluss hat ein Tal bei sich bei!"

Eine sprachliche Offenbarung!

Geschichte, Klasse 9, Thema – Absolutismus:

Lehrer: „Weshalb wird Ludwig XIV. denn eigentlich Sonnenkönig genannt?"

Schüler: "Gott lebt ja auch bei der Sonne!"

Hoffentlich ist es ihm da nicht zu warm! Würde aber seinen gesunden Teint erklären…

Erdkunde, Klasse 7, Thema - Klimazonen:

Lehrer: "Was war denn nochmal das Gegenstück zu arid?"

Schüler: "B(e)rid!"

Netter Versuch, denn wer „A" sagt soll zwar auch „B" sagen, sachlich richtig gewesen wäre hier allerdings „humid".

Geschichte, Klasse 12, Thema – der Vormärz:

Lehrer: „Was wollte Philipp Jakob Siebenpfeiffer mit seinem Lied "Hinauf, Patrioten!" denn überhaupt erreichen?"

Schüler: "Die sollten zum Schloss laufen und einen auf dicke Hose machen!"

Dieses auch als „Gründungslied" des Hambacher Festes bekannte Lied sollte vielmehr den oppositionellen Geist weiter Teile der Bevölkerung ausdrücken und deren Geschlossenheit demonstrieren und auch festigen. Oder er wollte eben einen auf dicke Hose machen...

Biologie, Klasse 6, Thema - Verdauungsvorgang:
Schüler: "...und dann verlässt der Kot den Körper durch das Arschloch!"

Inhaltlich völlig korrekt! Sprachlich eher, nun ja, schwierig...

Geschichte, Klasse 7, Thema – die mittelalterliche Ständegesellschaft:

Lehrer: „Wie ist denn der unterschiedliche gesellschaftliche Stand in der mittelalterlichen Gesellschaft zu erklären?"

Schüler: "König und Bauern passen nicht alle unter einen Hut."

Eine entfesselnde Logik!

So gelesen in einer schriftlichen Rechtfertigung, warum man den Unterricht nicht stören darf, Klasse7:

"...weil man andere die denn unterricht verfolgen wollen dabei stört und diese sich nicht mehr auf den Unterricht konzentrieren können. Außerdem passt man selber nicht auf und kapiert nix. ... Es tut mir sehr leid das ich meinen Tischnachbaren mit meinem Erdkunde Atlas geschlagen habe."

Sprachliche Fehler jeder Art bitte ich zu entschuldigen...

So gelesen in einer schriftlichen Rechtfertigung zum Thema, warum man niemanden mit irgendwelchen Gegenständen bewerfen darf:

"Aber wenn ich ihn verfehle und einen unschuldigen Mitschüler oder eine Mitschülerin treffe und sie bleibende Schäden zurück behält dann wäre das eine Last von Schuldgefühlen die mich stark belasten würden."

Aber wenn ich den Richtigen treffe ist das ein voller Erfolg!

Erdkunde, Klasse 11, Thema – Migration:

Lehrer: „Erläutert doch mal mögliche Ursachen für Armut!"

Schüler: "Er ist arm, weil er kein Geld hat!"

Diese Kombinationsgabe...

Erdkunde, Klasse 9, Thema: Global Player
Lehrer: „Welche Produkte stellt adidas denn so her, sind das nur T-Shirts und Hosen?"

Schüler A: „Nein, Schuhe und Pullis und alles Mögliche an Klamotten!"
Schüler B: "Und Taschen und so Sachen!"

Schüler C: „Und Fußballbälle!"

Und Handballbälle, Basketballbälle, Jogginglaufschuhe und vieles mehr...

Exkurs:

Ein Schüler der Klasse 11 schnieft und prustet. Es entwickelt sich ein kurzer Dialog bezüglich seines bedauerlichen Gesundheitszustandes:

Lehrer: „Oh je, Du siehst heute aber wirklich angeschlagen aus!"
Schüler: "Ich habe Heuschnupfen."
Lehrer: "Unangenehm. Im Moment fliegen ja Erle und Hasel."
Schüler: "Nein, nein, ich bin gegen Pollen allergisch!"
Es war gut gemeint...

So gelesen in einer Klassenarbeit, Klasse 9:

"Es entstehen dann hierdurch Unangenehmigkeiten. [...] Deshalb war zwischen BRD und DDR auch eine Verfeindschaft zu finden. [...] Das kann man an dem gepflekteren Außsehen der rechten Person erkennen."

Rechtschreibung „at it´s best"...

So gelesen in einer Klausur, Erdkunde, Klasse 12:

„England ist vor diesem Hintergrund eine sehr wichtige Stadt!"

So so...

Erdkunde, Klasse 11, Thema – Migration:

Lehrer: „Versucht doch bitte mal, die Realitäten während einer solchen Flucht zu beschreiben."

Schüler: "Die haben auf der Flucht ja kein Klo - das ist echt´ne beschissene Situation!"

Schönes Wortspiel!

So gelesen in einer Geschichtsklausur, Klasse 12:

Diese Klausur wurde am 12.10.2007 geschrieben und befasste sich mit einer Karikatur vom 10.10.1949. Dies wollte ein Schüler in seine Argumentation geschickt einbeziehen und schrieb:
"Als die Karikatur vorgestern vor 58 Jahren... erschien..."

Kann man ja mal machen...

Exkurs - In einer Diskussion um Namensgebung einzelner Produkte, Klasse 12:
Schüler 1: "Nach dem Gorbatschow ist doch auch ein Vodka benannt worden."

Lehrer: „Ja schon, wobei es sich hierbei allerdings um Leontowitsch Grobatschow handelt, der 1917 nach Berlin emigrierte und hier Vodka produzierte; hat also nichts mit dem späteren russischen Generalsekretär und Friedensnobelpreisträger zu tun!"

Schüler 2: „Und was ist mit diesem Sekt?"

Lehrer: "Richtig, wie der Sekt - Fürst von Metternich - nach dem österreichischen Staatsmann Fürst von Metternich."
Schüler 3: "Ja, und wie der Rotkäppchen-Sekt!"

Und dieser Schüler hatte dann doch so einige Lacher auf seiner Seite...

10 Minuten vor dem Klingeln hat ein Schüler schon alle Sachen in seinen Rucksack gepackt, ist demnach bereit, nach Hause zu gehen.

Lehrer: "Du brauchst noch nicht wegräumen, wir haben noch fast eine Viertelstunde!"

Schüler: "Habe ich nicht!" ... und sitzt vor einem völlig leeren Tisch.

Erstaunlich wie unterschiedlich Eigen- und Fremdwahrnehmung ausfallen können!

So gelesen in zwei (!) Geschichtsklausuren,

Klasse 12:

"So kam es zu einem Treffen in Versaille im großen Speisesaal, wo dann die deutsche Republik ausgerufen wurde."

Diese inhaltlich kuriose Verdrehung der Tatsachen wurde tatsächlich von zwei Schülern in ein und derselben Klausur verbreitet, da sie miteinander „gelernt" hatten.

Neben dem kleinen Fauxpas bezüglich der Rechtsschreibung wurde auf diesem „Treffen" „nebenher" das Deutsche Kaiserreich im berühmten Spiegelsaal gegründet! Aber was sollen solchen Spitzfindigkeiten...

Praktische Philosophie, Klasse 7, Thema - Jugend:
Ein Kleingruppe stellt ihre Ergebnisse vor:

"Wir haben uns für Thema A entschieden, den Fall mit dem Jugendtreffcenterclubhausgebäude."

Ein schöner Begriff für „Hangman"!

Erdkunde, Klasse 8, Thema – die EU:

Schüler: "Hier sieht man dann den Zuwachs und... den Abwachs... oder Wegwachs!?"

Es geht doch nichts über einen elaborierten Sprachgebrauch!

So gelesen in einem Politiktest, Klasse 8, Thema -Wahlen, Gewalten-
teilung, etc.:
"Die Legislative, die rechtschreibende Gewalt..."
"Die Legislative, die gegensätzliche Gewalt..."
"Die Exekutive ist die gerechtsgebende Gewalt..."

Man muss ja nicht spitzfindig werden...
"Wenn ein Kandidat im Bundestag 18 wird oder geworden ist... darf er
gewählt werden."

Ein Kreißsaal im Bundestag, interessante Einrichtung...

"Es sind dort insgesamt ungefähr 598 oder so. Jetzt also außer dem
Volk. Und in dem Bundestag sitzen irgendwie 198 Menschen oder so,
und dem Bundesminister."

Bitte, wie meinen...?

Exkurs - Ein Schüler möchte wissen, ob der Besuch eines Fitness-Stu-
dios nicht erst ab einem bestimmten Alter zulässig ist:
Schüler: "Man kommt da doch erst mit später rein!"

Aber mein Bruder ging schon mit früher trainieren...

Erdkunde, Klasse 9, Thema – die EU:

Fünf Referenten warten auf ihren Einsatz. Etwas unwillig beschwert sich einer der Schüler:

"Warum müssen eigentlich nur wir ein Referat halten?"

Lehrer: "Weil ihr euch hierzu freiwillig gemeldet habt!"

Schüler: "Ja schon, aber ich dachte wir müssten etwas spielen."

Irgendwie nie dem Kindergarten entsprungen!

Praktische Philosophie, Klasse 9:

Während einer Gruppenarbeitsphase hört man in der Ferne ein Martinshorn, da das Städtische Krankenhaus in Schlagdistanz liegt.

Reaktion einiger Schüler:

Schüler A: "Hört mal, Polizei!"

Schüler B: "Nee, das ist die Feuerwehr!"

Schüler C: "Oder der Eismann!"

Oder die Postkutsche aus dem Klinkerklunkerland...?

Erdkunde, Klasse 11, Schülerreferat:

Schüler: "Das liegt an der westafrikanischen Küste von Afrika!"

Nervös?

Geschichte, Klasse 9, Thema – Alltag in der DDR:

Lehrer: „In dieser Grafik erkennt man also die Mitgliederzahlen der Stasi, wie entwickeln sich diese?"

Schüler: "Von 1950 bis 1959 hat sich die Zahl der Mitarbeiter verneunfacht... und danach kommen noch viele mehr!"

Sehr differenziert, junger Mann!

Geschichte, Klasse 6, Thema: "Der Mensch der Altsteinzeit"

Lehrer: „Jeans, T-Shirt, Turnschuhe, das sehe ich bei fast allen hier im Raum. Welche Kleidung hatte der Mensch der Altsteinzeit denn?

Schüler 1: „Felle von den Tieren, die sie gejagt haben!"

Schüler 2: „Vielleicht hatten die ja auch schon Stoffe?"

Schüler 1:"Ne, die Steinzeitmenschen hatten vorne nur Fell über dem Schlauch!"

Mangelnde Aufklärung oder schon verdammt viel Erfahrung?

Erdkunde, Klasse 9, Thema – die EU:

Die Schüler sollen eine arbeitsteilige Gruppenarbeit durchführen. Hierzu steht auf den Arbeitsmaterialien jeweils die Gruppenzugehörigkeit, also Gruppe A, B oder C.
Dies scheint einen Schüler zu irritieren:

"Wofür steht denn da Gr. A?"

Didaktisch muss da also doch noch der Eindeutigkeit nachgesteuert werden, Entschuldigung!

Geschichte, Klasse 12, Thema: Kulturkampf:

Lehrer: "Was könnten die Gründe bzw. die Motive für Bismarck gewesen sein, hier gegen die katholische Kirche vorzugehen?"

Schüler: "Der war Satanist!"

Man kann zu Bismarck und seiner Politik ja stehen wie man will, aber soweit würde ich dann doch nicht gehen!

Geschichte, Klasse 9, Thema – Wiedervereinigung:

Lehrer: „Welche Situation zeigt dieses Foto?"

Schüler 1: „Das ist sowas wie eine Demo!"

Schüler 2: „Die stürmen da das Haus, wollen das besetzen, oder so!"

Schüler 3: "Das ist ja wie bei uns in den Pausen am Pizzawagen!"

Eine durchaus treffende Assoziation!

Exkurs - Wortschöpfungen aus dem Erdkundeunterricht:
"Portugisien", „Nigerien", „Niggeria".

Geschichte, Klasse 11, Thema – Französische Revolution:

Ein Schüler urteilt zum Gemälde "La Liberté" von Nanine Vallain aus dem Jahr 1793/4:
"Das ist die Pompeosität im Cäsar-Style!"

Kann sein…?

Politik, Klasse 8, Thema- Rechtsstaat und Rechtsordnung:
Lehrer: "Wenn es dann zu einer Verurteilung kommt, welche Höchst-
strafen haben wir denn in Deutschland?"
Schüler: "Todesstrafe mit anschließender Sicherheitsverwahrung!"

*Besonders wichtig, auch wenn es den Steuerzahler wieder teuer zu ste-
hen kommt, aber Sicherheit geht schließlich vor!*

Exkurs – Klasse 9:

Der Lehrer bittet einen Schüler, die Thesenblätter zu einem Referat an
alle Mitschüler zu verteilen.
Schüler: "An wen denn? Da steht ja gar kein Name drauf!"

Wer braucht hier eigentlich Hilfe?

Praktische Philosophie, Klasse 6, Diskussion über Heimat, Nationalität
und Identität.

„Eine Hymne für ein Land ist wie ein Schnuller für ein Kind"

Sehr patriotisch!

Geschichte, Klasse 10, Thema – Verlauf des 1. Weltkrieges:

Lehrer: „Was bedeutet denn aber eigentlich dieser uneingeschränkte U-Boot-Krieg"?

Schüler A: „Die dürfen jetzt auf alles schießen, was sich bewegt."

Schüler B (schreit in den Raum): „Ente!"

Das arme schutzlose Federvieh...

Erdkunde, Klasse 11, Thema – Demographie:

Während einer Diskussion, ob es wohl einen Zusammenhang zwischen den Bildungschancen und der sozialen bzw. wirtschaftlichen Stellung gebe.

Schüler: "Doch, das ist schon so. Sind Deine Eltern schlau, haben sie auch viel Geld. Und umgekehrt genauso. Sind die dumm, müssen die in die Verarmlichung!"

Na, hoffentlich ist da der Weg nicht schon vorgezeigt...

So gelesen in einer Geschichtsklausur, Klasse 11:

"Abschließend beurteile ich dann jetzt noch die Kernaussage des Autor in der Quelle mit meinem persönlichen Fahrtzied".

Ein persönliches Fazit ist sicherlich ein gelungener Abschluss...

Erdkunde, Klasse 10, Thema - Topographie:

Lehrer: „Wie heißt der höchste Berg der Welt?"

Schüler: „Himalaya!"

Und der höchste deutsche Berg ist der Alpen!

Geschichte, Klasse 10, Thema 1. Weltkrieg:

Lehrer: „So sind dann im sogenannten Hungerwinter 1916 mal eben 800.000 Menschen im Deutschen Reich verhungert."

Schüler: „Hm, beeindruckend!"

Absolut!

Geschichte, Klasse 10, Thema – Das deutsche Kaiserreich:

Lehrer: „Wann wurde noch mal das Deutsche Kaiserreich gegründet?"

Schüler: „18.8.1981!"

Was Helmut Schmidt, deutscher Bundeskanzler im fraglichen Zeitraum, wohl hierzu meint?

Erdkunde, Klasse 10, Thema- Landwirtschaft:

Zu einem Arbeitsblatt...

Schüler A: „Was bedeutet denn KBA?"

Schüler B: „Kein Bock Alter!"

Und ich bin mir absolut sicher, dass das aus Schülerperspektive absolut ehrlich und korrekt ist!

Pädagogische Maxime erfüllt: den Schüler da abgeholt, wo er sich befindet!

Geschichte, Klasse 10, Thema – nationalsozialistische Machtergreifung:

Lehrer: „An welchem Tag wurde Adolf Hitler Reichskanzler?"

Schüler: „Am 33. Januar!"

Erstaunlich! Und in welcher Dimension?

Geschichte, Klasse 10, Thema – Novemberrevolution:

Lehrer: „Wie viele Leute sitzen im Rat der Volksbeauftragten?"

Nach einigen falschen Meldungen schließlich die richtige Antwort, sechs.

Lehrer: „Und wie viele von denen gehörten der SPD an?"

Schüler (*ernstgemeint, aber womöglich geraten*): „35!"

Die Klasse tobt!

Schüler erklärend (*und wohl nach einem Ausweg suchend*): „Ich meinte 35%!"

Also 2,1 Menschen – ist klar!

Erdkunde, Klasse 7, Thema - Klimazonen.

Schüler: „Nachts ist es ja kälter als draußen!"

Und dies war völlig ernst gemeint!

Erdkunde, Klasse 9, Thema- Deutschland:

Schüler 1: „Wie viele Bundesländer hat Deutschland nochmal?

Lehrer: „Ich gebe die Frage weiter an die Klasse!"

Schüler 2: „14?"

Schüler 3: „Ne, 12, glaube ich!"

Lehrer: „Bennen wir sie doch einfach mal…"

Schüler 4: „Hessen, Bayern, Nordrheinwestfalen, Stuttgart…"

Das wiederholen wir besser nochmal!

Erdkunde, Klasse 12, Thema - Klimazonen:

Schüler 1: „Ich verstehe nicht, wieso die Niederschlagswerte hier so viel höher sind!"

Schüler 2: „Da werden einfach die Tröpfchen größer sein!"

Da erhalten Redensarten wie „Es schüttet wie aus Eimern" eine völlig neue Bedeutung! Und wie sieht es dann mit „Es regnet Hunde und Katzen" aus…?

Schüler unterhalten sich während der Pause:

„Was ist nächste Woche Mittwoch für ein Tag?"

Hirn einschalten!!

Geschichte, Klasse 12:

Ein Schüler versucht einen Quellentext auf eigenen Wunsch laut vorzu-lesen, kommt jedoch immer wieder ins Stocken, verspricht sich mehr-fach und gibt dann resigniert zu bedenken:

„Ich werde immer ganz irre, wenn ich so viele Buchstaben vor mir sehe!"

Nicht den Mut verlieren, Übung macht den Meister!

Erdkunde, Klasse 7, Thema - Klimazonen der Erde:

Lehrer: „Jetzt haben wir hier in der Polarregion also extreme Niedrigwerte der Temperatur. Was bedeutet das für die hier lebenden Menschen?"

Schüler: „Das Wasser erfriert, wenn man es in die Luft tut!"

Das arme Wasser!

Geschichte, Klasse 13, Thema- Wiedergutmachung des nationalsozialistischen Unrechts:

Lehrer: „Ich glaube, eine intensive Diskussion um die Notwendigkeit einer entsprechenden Entschädigung ist ganz wichtig! Wie fällt denn jetzt euer Fazit dazu aus?"

Schüler: „Ein Mensch hat gar keinen Wert!"

Grundlage für eine herrliche und fruchtbare philosophische Diskussion!

Erdkunde, Klasse 12, Thema- Standortfaktoren:

Schüler 1: „Was genau heißt denn jetzt eigentlich standortgerecht?"

Schüler 2: „Der Baum wohnt genau in seiner Lage!"

Und zwar im Klinkerklunkerland, in der Gummibärengasse 15, 2. Stock, Appartement B!

Biologie, Klasse 12, Thema- Lebensformen:

Lehrer: „Welche Lebensform ist denn ein Frosch überhaupt?"

Schüler: „Ein Einzeller!"

Unglaublich! Man lernt nie aus!

Geschichte, Klasse 12, Thema - Nationalismus:

Bildbeschreibung...

Schüler: „Das ist ein Pole. Das sieht man an den Haaren und so am Gesicht!"

Und die kraniometrischen Vermessungen (Schädelforschung) der Nationalsozialisten im Zusammenhang mit rassistischen Theorien dürften das sicherlich bestätigen!

Geschichte, Klasse 10:

Schüler 1 formuliert einen völlig kruden Satz, den niemand außer ihm selbst versteht.

Lehrer: „So, jetzt mach mal aus Deinen Wortfetzen einen vollständigen deutschen Satz."

Schüler 2: „Subjekt, Prädikat, Beleidigung!"

Zugegebenermaßen witzig, Du Opfer!

Biologie, Klasse 12, Thema- Rezeptoren:

Lehrer: „Was macht eine Sinneszelle aus den elektrischen Impulsen?"

Schüler: „Gehacktes!"

Interessant! Muss ich mal einen Biologiekollegen fragen...

Biologie, Klasse 9:

(Anmerkung: Dies ist eine Ausnahme im Hinblick auf die Nennung des Geschlechts des zitierten Schülers/der zitierten Schülerin, was jedoch inhaltlich berechtigt erscheint!)

Lehrer beschwichtigend zu einer Schülerin:

„Hast Du Deine aggressive Ader entdeckt?"

Schülerin: „Ja, ich habe meine Tage!"

Dies würde ja so manches Vorurteil, welches in Männerkreisen kursieren soll, bestätigen!

Mathematik, Besprechung einer Klausur:

Schüler: „Ich hatte Probleme bei den Potenzen!"

Lehrer augenzwinkernd: „Du hast also Potenzprobleme?"

Schüler: „Absolut!"

„Eine schmerzliche Wahrheit ist besser als eine Lüge" (Thomas Mann).

Erdkunde, Klasse 9, Thema – die EU:

Lehrer: „Formuliert doch mal anhand der Karikatur und eurer Überlegungen dazu ein Thema für die kommenden Unterrichtsstunden."

Schüler: „Europa- ein großes Land!"

Es geht doch nichts über grundlegendes geographisches Verständnis...

Religion, Klasse 9:

Ein Film wird rückblickend diskutiert.

Schüler: „Und obwohl er nicht dem Wetter passend bekleidet war, wird er freundlich begrüßt."

Etikette ist eben alles!

Zwei Schüler unterhalten sich angeregt über die familiären Urlaubspläne.
Schüler 1: „Und, fahrt ihr dieses Jahr in Urlaub?"

Schüler 2: „Nö!"

Schüler 1: „Und wohin?"

Oh Gott...!

Biologie, Klasse 9:

Ein Schüler beweist vertiefte zoologische Kenntnisse und wird hierfür von seinem Lehrer gelobt. Dies freut den Schüler sichtlich und er erklärt seinen Wissensvorsprung gegenüber seinen Mitschülern wie folgt:

„Danke! Ich bin bei Tieren aufgewachsen."

Das werden die Eltern gerne hören…

In Vorbereitung der anstehenden Klassenfahrt (Klasse 10) werden das Reiseziel und die obligatorischen Regeln besprochen.

Lehrer: „Die Klassenfahrt geht also nach Borkum!"

Schüler: „Borkum, wo ist das denn, in der Türkei?"

Borkum, nicht Bodrum! In der Schule wird halt Wissen vermittelt...

Und später:

Lehrer: „Und es herrscht natürlich absolutes Alkohol- und Rauchverbot!"

Schüler: „Und was ist mit Drogen?"

Was sagt das über die Gewohnheiten der Jugend aus?

Geschichte, Klasse 10, Bildbeschreibung:

„In den Industriebetrieben wird wahrscheinlich irgendetwas hergestellt."

Was ja durchaus korrekt vermutet ist!

Geschichte, Klasse 10, Thema- Investiturstreit:

Schüler: „Da ging es also um die Einsetzung kirschlicher Fürsten!"

Guten Appetit!

Geschichte, Klasse 5, Thema – Periodisierung:

Lehrer: „Was meint wohl Epochengrenze?"

Schüler: „Da war bestimmt irgendein Volk voll cool drauf!"

Und hat bei einer Casting-Show gewonnen, oder was?!

Geschichte, Klasse 10, Thema- Industrielle Revolution:

Lehrer: „Aber auffällig ist doch, dass die Revolution in Deutschland, etwa im Vergleich zu Großbritannien oder Frankreich, erst verspätet Fuß fassen konnte. Wie ist das zu erklären?"

Schüler: „Deutschland war behindert!"

Durfte aber immerhin auf Behindertenparkplätzen parken! Und hat es dann ja doch noch recht weit gebracht, beachtlich!

In einer Klasse 9 versucht ein Schüler die Genusssucht seines Freundes zu verteidigen:

Schüler: „Er ist halt ein Feinkoster!"

Es ist immer wichtig einen eloquenten Fürsprecher zu haben.

Geschichte, Klasse 10, Thema - Alltag im Nationalsozialismus:

Die Schüler sollen fiktive Kurzgeschichten schreiben und schließlich präsentieren.

Schüler: „Und als Vertreter der NSDAP: Andreas Front, unter Freunden auch Andi Front!"

Sehr kreativ! Bravo!

Geschichte, Klasse 10, Thema- Ermächtigungsgesetz:

„Das Gesetz wird am 24.03.1933 entlassen."

Nach so vielen Verfehlungen in den Wochen zuvor war es aber auch wahrlich nicht mehr tragbar...

Im Vorfeld der bald anstehenden Abiturprüfungen werden mögliche Prüfungsszenarien durchgesprochen. Ein Schüler fragt sichtlich erregt:

„Und wie läuft das dann in der mündlichen Abiklausur?"

Das wird wirklich spannend!

Geschichte, Klasse 11:

(Anmerkung: Auch hier gilt die oben schon beschriebene Ausnahme hinsichtlich des Geschlechts der Zitierten!)

Rückgabe der wenige Tage zuvor geschriebenen Klausur. Eine Schülerin erhält leider eine schlechte Note und kann ihre Tränen nicht verbergen.

Nachdem auch die tröstenden Worte des Lehrers nicht helfen, versucht es der Lehrer in seiner Verzweiflung:

„Bitte, hör auf zu weinen, ich kann keine Frauen weinen sehen!"

Ein Mitschüler erstaunt: „Warum das denn?"

Ein echt harter Kerl!

Geschichte, Klasse 10, Thema - Französische Revolution:

Schüler: „Auf dem Bild kann man Menschen sehen, die einen Marsch gehen!"

Sie könnten den Marsch ja auch im Sitzen musizieren!

So gelesen in einer Geschichtsklausur, Klasse 12:

„Dennoch gibt die Marie einen Befehl zum Auslaufen gegen die britische Flotte."

Schon in jungen Jahren hat das weibliche Geschlecht große Verfügungsgewalt über die Männer, auch auf allerhöchster politischer und militärstrategischer Ebene!

Was ein fehlendes „n" so alles anrichten kann…

Praktische Philosophie, Klasse 5, Thema – Courage:

Schüler: „Der Zauberer von Oz steckt mit der bösen Hexe unter einem Hut!"

Oder unter einer Decke, der Schlingel!

Geschichte, Klasse 11, Thema - die griechische Götterwelt:

Schüler: „Zeus ist der heutige Göttervater!"

Polytheistisches Gedankengut scheint noch nicht ganz ausgestorben!

So gelesen in einer Geschichtsklausur, Klasse 11:

„Russland war zu dem Zeitpunkt ein sehr argrrargeprägtes Land [...] bis es zu Argrrarreformen kam".

Landwirtschaftliche Probleme existieren augenscheinlich nicht nur auf dem Felde;

Erweiterter Arbeitsauftrag: verwenden Sie vor allem Wörter mit möglichst vielen „r"!

Geschichte, Klasse 10, Thema - Machtstrukturen im NS-Staat:

Schüler: „In der Abbildung geht es um die Verteilung der Macht in die Extremitäten."

Also Arme und Beine und so...

So gelesen in einer Geschichtsklausur, Klasse 12:

„Schließlich unterschrieb Deutschland die bedienungslose Kapitulation".

Wenigstens ein Glas Wasser wäre doch nett gewesen!

Erdkunde, Klasse 7, Thema – anthropogener Klimawandel:

Lehrer: „Wir sehen also an der sich zurückziehenden Vergletscherung der Alpen, dass sich das Klima augenscheinlich wandelt. Woran kann man das noch festmachen?"

Schüler: „Früher waren die Winter schlimmer, da war das Eis immer gefroren!"

Diese verflixten Aggregatzustände...

So gelesen in einer Erdkundeklausur, Klasse 12:

„Ich finde weder in den Materialien noch in meinen Gedanken Anzeichen für eine negative Entwicklung."

Gesucht und nicht gefunden!

So gelesen in einer Geschichtsklausur, Klasse 12:

„Es sei furchtbar, das amerikanische Volk in den Krieg einzuführen!"

Schmerzhafte Sache das!

Und im Folgenden:

„Es kam in den folgenden Monaten zu einer großen Schlacht im Suwarkapup. [...] Schließlich versenkte ein deutsches U-Boot die Lusiemonia."

Man sollte mal eine Exkursion auf der „RMS Lusitania" in den „Skagerrak" machen, soll dort sehr schön sein!

Geschichte, Klasse 10:

Enthusiastisch vorgetragen Einleitung in ein Referat:

Schüler: „Die Romanisierung – wo statt sie fand?"

Da war die Aufmerksamkeit des Plenums garantiert!

So gelesen in einer Geschichtsklausur, Klasse 13:

„Die Juden wurden dort mit Zytochrom C vergast!"

Hierbei handelt es sich allerdings um ein Protein. Richtig gewesen wäre „Zyklon B". Zur Ehrrettung des Schülers ist zu sagen, dass er wenige Tage zuvor seine Biologieklausur geschrieben hatte.

So gelesen in einer Geschichtsklausur, Klasse 12:

„Der Frieden von Brest-Litowsk bedeutete jedoch, dass die deutschen Soldaten dort verweilen mussten."

Und sich nach den schweren Gefechten erst mal eine schöne Zeit machten und die Seele baumeln ließen!

Wie man das bei der Durchsetzung eines Diktatfriedens eben so macht.

Geschichte, Klasse 11:

Schüler: „Das wurde garantiert mit bewusstem Kalkül durchgeführt."

Wie denn auch sonst!?

Geschichte, Klasse 8:

Bei einer Bildbeschreibung erläutert ein Schüler die Aktion einer Figur, die mit erhobenem Finger in den Himmel deutet:

„Der scheucht die Wolke weg!"

Diese Fähigkeit eröffnet interessante meteorologische Perspektiven!

Geschichte, Klasse 9, Thema- Französische Revolution:

Lehrer: „Welche weiteren Aspekte führten zu so einer großen Wut in der französischen Bevölkerung?"

Schüler: „Der König erlegte höhere Steuern."

Seine Majestät war nun einmal passionierter Großwildjäger. Steuerpolitik mal ganz anders...

So gelesen in einer Geschichtsklausur, Klasse 12:

„Damit wird die Bedeutung des 1. Weltkrieges deutlich, hiermit wurde der Uhrgrund für die kommenden Jahrzehnte gelegt."

Die zeitliche Dimension sollte man als Historiker eben auch stets im Blick haben!

Geschichte, Klasse 9, Diskussionsrunde:

Schüler: „Der hat alles gesagt, was es zu geben gibt."

Und ich habe alles gehört, was es zu nehmen gab!

So gelesen in Geschichtstests, Klasse 10:

„Dies sind Forderungen mit einer hohen Aussagekräftigkeit."

Ah ja...

„Die Revolution breite sich aus wie ein Flächenbrannt."

Finger verbrannt...

„Die Revolutionäre vorderten eine Parlentarisierung."

Tja, die Rechtschreibung...

„Die Heere lieferten sich eine herroische Schlacht."

Heroische Gesellen...

„Die Töter kamen vor Gericht."

Verdientermaßen...

„Der weitere Verlauf blieb nicht obtimal."

Obwohl...

Erdkunde, Klasse 7:

Lehrer fordert den Schüler zu einer Schätzung auf.

Schüler: „536!"

Lehrer: „Weniger!"

Schüler: „600!"

Ein Zahlengenie!

So gelesen in einer Geschichtsklausur, Klasse 12:

„Rückschlüssige auf dieses Handelns des Staates gibt das revolutionäre Volk einen Widerstand."

Korrekturbemerkung am Rande: „Häh???"

Biologie, Klasse 10:

Schüler: „Wie möchten Sie es machen?"

Lehrer: „Mit Sabrina!"

Eindeutig zweideutig, Herr Kollege!

So gelesen in einer Geschichtsklausur, Klasse 11:

„Die letzte Phase der Märzrevolution ist charakterisiert durch ein allmähliches Wiedererstarken der alten Mächte. Dies führte dann schließlich zur Scheiterung der Revolution."

In einer Klausur kann es eben auch mal zum eigenen Scheitern kommen...

Erdkunde, Klasse 9:

Lehrer: „Nenne mir eine Zahl zwischen 7 und 21!"

Schüler: „5!"

Der eine kann es, der andere lernt es nie!

So gelesen in einer Geschichtsklausur, Klasse 11:

„Dies richtete sich natürlich vor allem gegen dunkelheutige Menschen."

Ausländerfeindliche Politik mal anders -

das Vorgehen der ewig Gestrigen.

Auf dem Pausenhof:

(Männliche) Schüler stehen in einer engen, nicht einzusehenden Traube beieinander, alle blicken gebannt in ihre Mitte; plötzlich echauffiert sich einer lauthals:

„Lass mein Ding in Ruhe!"

Manchmal will man gar nicht wissen, was Schüler da so treiben!

Geschichte, Klasse 10, Thema - nationalsozialistische Innenpolitik:

Schüler: „Am 15. September verabschiedeten sich dann die Nürnberger Gesetze."

Es war aber auch wirklich nicht mehr zum Aushalten, also ging man. Ob sie je zurückkehrten, ist nicht sicher überliefert...

Geschichte, Klasse 7, Thema – das Leben im mittelalterlichen Kloster:

Schüler: „Was ist denn ein Kirchenschiff? Steht da ein Schiff in der Kirche, oder was?"

Und der Pastor ist der Kapitän! Wal, da bläst er…!

Erdkunde, Klasse 11, Thema- Verkehrsinfrastruktur:

Schüler: „Wieso steht denn hinter dem Tanker 825km – ist der so lang?"

Ein neuer Ansatz im Schiffsbau, den man ernsthaft in Betracht ziehen sollte: weniger Tiefgang, dafür deutlich länger…

Geschichte, Klasse 5, Thema – frühe Zivilisationen:

Lehrer: „Wie stellt ihr euch denn die Entstehung einer Stadt vor?"

Schüler: „Da kam dann ein Rudel von Menschen und siedelte sich an."

Der Mensch ist halt doch nur ein Säugetier.

Erdkunde, Klasse 9, Thema – städtebauliche Epochen:

Schüler: „Die mittelalterliche Stadtmauer schützte vor Schädlingen und Feinden."

Heute verwendet man eher Herbizide, Fungizide oder Pestizide. Aber wenn so eine Mauer nur hoch genug wäre...

Und kurz darauf:

„Das Dorf hat sich hinter die Stadtmauern verzogen."

Da war es einfach schöner...

Erdkunde, Klasse 10, Thema – Überfischung der Weltmeere:

Schüler: „Die Japaner haben mit ihren Fischertankern die Fischergründe abgefischt."

Und alles an die Fischerrestaurants verkauft!

So gelesen in einem Geschichtstest, Klasse 7:

„Schließlich kreifen fremde Feinde an!"

Bekannte Feinde hat man einfach besser im Kriff!

Erdkunde, Klasse 10:

Der Lehrer rüffelt einen Schüler, da dieser Kaugummi kaut:

Lehrer: „Bist Du eine Kuh?"

Schüler: „Wieso?"

Lehrer: „Du wiederkäust!"

Schüler (empört): „Ich bin keine Wiederkuh!"

Eine neue Art: Fleckvieh, Schwarzbunte, Rotbunte und eben Wieder-kuh!

So gelesen in einer Erdkundeklausur, Klasse 13:

„Es handelt sich um eine Stadt, die spitzen Gastronomie vorzuweißen hat."

Na, hoffentlich werden die Ansprüche nicht glattgebügelt oder der Gastronom angeschwärzt...

Erdkunde, Klasse 12:

Ein Schüler weist einen anderen auf die Notwendigkeit genauer Erkundigungen im Vorfeld eines Vortrages hin:

„Man sollte sich immer genau informatizieren!"

Wissen ist Macht - es geht doch nichts über die entsprechenden Informatizionen!

So gelesen in einem Geschichtstest, Klasse 7:

„Die Christen waren für die Entfehrnung der Araba."

Wieso in die Fehrne schweifen, wenn das Guhte ist so nah?

„Sie stellten die Muslime als Greueltaten dar."

Dem ist nichts hinzuzufügen…

„Der Papst sagte den Franken, das sie das auserwählte Folk Gottes sind und das bei den gläubigen Muslimen es das bessere Land gäbe."

Ja, ja, die Rechtschreibung…

Und als Erklärung des Begriffs der „kulturellen Befruchtung":

„Wenn eine Kultur von der anderen provitiert."

Geht ja noch, aber…

„Kulturelle Befruchtung ist […], wenn Deutschland weiß wie Glühbirnen zu leuchten bringen, Italien weiß wie Pizza geht und ihr Wissen austauschen."

Sprachlich wie inhaltlich zu überdenken…

Geschichte, Klasse 9, Thema – Imperialismus:

Lehrer: „Welche Begrifflichkeit oder Bezeichnung verwendet man für die Fremdherrscher in den unterworfenen Gebieten:

Schüler: „Das sind die Kolonialöre!"

Dem Kolonialör ist nichts zu schwör!

Geschichte, Klasse 9, Thema – Industrielle Revolution:

Lehrer: „Neben Wind- und Wasserkraft wurden in der vorindustriellen Zeit auch Tiere als Antriebskraft genutzt. Welche boten sich dazu an?"

Schüler 1: „Pferde oder Esel! Und Rinder!"

Schüler 2: „Ratten!"

Sofortiges Kopfkino - ein Heer von Millionen Ratten treibt einen schweren Mühlstein an. Völlig missverstandene Tiere...

Erdkunde, Klasse 11:

Ein Schüler stellt dem Lehrer in Aussicht, mit der Geburt seines erstgeborenen Kindes sensibler zu werden:

„Dann werden sie sicher auch feinfühlsamer!"

Sinngemäß, und das gestehe ich gerne ein, hatte er sogar gar nicht so unrecht...

Geschichte, Klasse 10, Thema – Novemberrevolution:

Der Lehrer zeigt eine großformatige Aufnahme einer Demonstration. Den zu sehenden Gewaltausbruch beschreibt ein Schüler sichtlich erregt:

„Boar, die hauen da drauf, als würden sie es mit Füßen treten!"

Er erntete einige Lacher...

Geschichte, Klasse 13, Thema – der Kalte Krieg:

Ein Schüler versucht das Ende des Kalten Krieges in eigene Worte zu fassen:

„Da hat sich dann das Verhältnis zwischen Sowjetunion und USA verkaltet."

Na, hoffentlich erkälten die sich nicht!

Geschichte, Klasse 10, Thema – Verlauf des 2. Weltkrieges:

Schüler: „An dem Zeitstrahl kann ich das toll nachvollziehen, z.b. wenn ich sehen will, was 1944 passiert ist."

Grundsätzlich wichtig ist es, die gewählten Methoden, Darstellungsweisen, etc. auch methodisch zu reflektieren; ein adäquates Mittel ist hierzu sicherlich ein Zeitstrahl.

Das Gelächter war dennoch groß, denn der Zeitstrahl endete mit dem Jahr 1942...

So gelesen in einer Geschichtsklausur, Klasse 13:

Ein Schüler hat während einer LK-Klausur in Geschichte anscheinend noch Zeit genug, um sich um die Namen etwaiger genannter Personen Gedanken zu machen. So vermerkt der Schüler am Rande des Klausurbogens folgende Anmerkung mit einem Sternchen:

„Anmerkung: ein schöner Name; erinnert mich an Dishonored, the knife of Dunval."

Dieser junge Mann verbringt eindeutig zu viel Zeit vor seinem PC...

Erdkunde, Klasse 12, Thema - Landwirtschaft in semiariden Gebieten:

„Auf der ganzen Insel werden Bananen, Zitrusfrüchte, Kaffee sowie Bergbauten gefördert."

Wer hätte das gedacht...

Geschichte, Klasse 12, Thema – Vormärz:

Ein Schüler kann sich scheinbar nur nicht mehr so genau an den korrekten Namen erinnern:

Schüler: „Die Figur rechts ist dann ja auch so gekleidet wie der deutsche Sepp, oder Nils, oder Jan, oder wie auch immer."

Gut erkannt, falsch benannt, sprach der Michel!

Erdkunde, Klasse 9, Thema – der Kontinent Europa:

Ein Schüler, der sich quasi nie zu Wort meldet, meldet sich wie aus der Pistole geschossen und sehr zur Freude seines Lehrers um die Frage zu beantworten, welcher Kanal das Mittelmeer und das Rote Meer verbindet:

„Ärmelkanal!"

Doch besser die Klappe halten...

Geschichte, Klasse 9, Thema- Industrialisierung:

Lehrer: „Welche Vorteile bringt diese Produktionsform denn?"

Schüler: „Das ist insgesamt eine angenehme Praktischheit."

Oh, mein Gott!

Geschichte, Klasse 11, Thema – Wiener Kongress:

Lehrer: „Wir hatten letzte Stunde auch einen Fachterminus benannt, der die Schaffung eines europäischen Mächtegleichgewichts in Folge des Wiener Kongresses meint...".

Schüler: „Das war doch dieses Pentamachtaufteilungsding."

Pentarchie – eigentlich doch einfacher als Obiges.

Erdkunde, Klasse 9, Thema – Strukturwandel:

Lehrer: „Kennt jemand ähnliche Beispiele für derartig vernetzte Fabriken?"

Schüler: „Disneyland!"

Das Schlimme ist, dass dies nicht als Scherz gemeint war!

So gelesen in einer Erdkundeklausur, Klasse 12:

„Die Industrie stellt die Produkte her und werden dann vermutlich durch die Schnellstraßen gesammelt."

Dieser Satz verdeutlicht erneut, wie wichtig doch eine ausgebaute Infrastruktur ist...

Geschichte, Klasse 11, Thema - Ausbruch des 2. Weltkrieges:

Die Schüler erarbeiten die gnadenlose Unterlegenheit der polnischen Armee gegenüber der deutschen Wehrmacht und den sogenannten Blitzkrieg.

Ein Schüler echauffiert sich diesbezüglich lautstark:

„Das ist ja kein Einmarsch, sondern eine Einladung zum Tee!"

Interessante Interpretation...

Erdkunde, Klasse 11, Thema - Demographie:

Lehrer: „Habt ihr noch Fragen zur chinesischen Ein-Kind-Politik?"

Schüler: „Was ist denn dann aber mit siamesischen Zwillingen? Gelten die als ein oder als zwei Kinder?"

Der Lehrer blieb die Antwort schuldig!

So gelesen in einer Lateinarbeit, Klasse 9:

„Der Satz war mir viel zu kompliziert!"

Kann ja mal vorkommen, gerade in Latein! Und ehrlich währt ja bekanntlich am längsten. Ob ihm diese Ehrlichkeit im Hinblick auf die Benotung der Arbeit jedoch etwas Positives eingebracht hat, ist nicht überliefert...

Erdkunde, Klasse 11, Thema – Landwirtschaft im kalifornischen Längstal:

„Viele Flüsse entspringen bzw. regnen an der Luv-Seite der Sierra Nevada ab und fließen ins Tal."

Von der Idee her nicht ganz falsch, nur verdirbt die Wortwahl jeden Erkenntnisgewinn...

Klasse 7, Vereinbarung der Klassenregeln:

Lehrer: „Also, denkt dran, die gelten dann verbindlich und für alle! Was wäre in euren Augen für ein angenehmes Miteinander noch wichtig?"

Schüler A: „Wenn jemand einen anderen beleidigt, muss er einen Kuchen backen für die Klasse!"

Schüler B: „Bist Du dumm?!"

Viele Schüler skandieren: „Kuchen! Kuchen!"

Schüler C: „Döner!"

Geschmackssache...

Erdkunde, Klasse 11, Thema – Strukturwandel:

Schüler: „M5 kann man entnehmen, dass das größte Nadelholzsägewerk Europas in Wismar sägt!"

Was soll es auch sonst tun, nicht wahr?

Erdkunde, Klasse 11, Thema – Überwindung weltweiter Disparitäten:

Lehrer: „Was ist das grundlegende Ziel der Entwicklungspolitik der Befriedigung der Grundbedürfnisse?"

Schüler: „Die Befriedigung der Grundbedürfnisse!"

Welch messerscharfe Logik...

Erdkunde, Klasse 11, Thema – Bildung als Mittel zur Entwicklungsförderung:

Schüler: „Ziel hierbei ist die Gleichberechtigung von Frauen und Menschen!"

Manch einen Schüler gilt es rückwirkend vor feministischen Angriffen zu schützen, denn dies war sicherlich nur ein amüsanter Versprecher...

Geschichte, Klasse 9, Thema – Novemberrevolution:

Ein Schüler versucht sich an einer besonders detaillierten Bildbeschreibung:

„Im Hintergrund sieht man einen Mensch oder einen Mann..."

Es geht also scheinbar auch umgekehrt, hoffentlich wiederum ohne sexistischen Hintergedanken...

Erdkunde, Klasse 12, Thema – Landwirtschaftlicher Strukturwandel:

Ein Schüler beurteilt die negativen Folgen der Bodendegradation für die Landwirtschaft:

„Da kann man nix anbauen, nur Sträucher, sowas wie Mais!"

Es gibt Schüler, denen sollte man ob ihrer botanischer Vorkenntnisse tunlichst eine berufliche Karriere in der Agrarwirtschaft oder im Landschaftsbau empfehlen...

Erdkunde, Klasse 12, Thema – Globalisierung:

Lehrer: „Definiert doch bitte mal den Begriff Globalisierung!"

Schüler: „Globalisierung heißt, dass in jedem Land Coca-Cola angeboten wird."

Für einen Leistungskurs in Erdkunde gerne etwas akzentuierter und konkreter...

Erdkunde, Klasse 9:

Schüler: „Marokko, das ist doch ein Stück Land in Afrika!?"

Topographisch völlig korrekt, aber die Wortwahl...

Geschichte, Klasse 10:

Lehrer: „Bitte etwas lauter, ich höre heute schlecht!"

Schüler: „Wollen Sie eine Brille?"

Sehr fürsorglich...

Erdkunde, Klasse 11, Thema – Umweltschutz und Nachhaltigkeit:

„Greenpeace wurde durch Aktionen wie Walfang bekannt. Die haben sich auf Walfang spezialisiert!"

Diese blutrünstigen Scheinschützer!

Erdkunde, Klasse 11, Thema – Migration:

Schüler: „Das Land Venezuela hat Anschluss an das Karibische Meer und das Mittelmeer."

Doch besser mal in den Atlas geguckt...

Geschichte, Klasse 13:

Der Vorwurf, jede neue Schülergeneration werde immer fauler, darf so nicht bestätigt werden! Aber einem Schüler platzte irgendwann dann doch einmal der Kragen und tat seinen Protest lautstark kund, als ein gesundheitlich sichtlich angeschlagener Lehrer den Klassenraum betrat:

„Sie kommen ja auch mit AIDS noch in die Schule!"

Vielleicht war das aber auch nur seine Art, seiner Besorgnis um das Wohlergehen des Lehrers Ausdruck zu verleihen?

Erdkunde, Klasse 11, Thema – Vegetationszonen der Erde:

Schüler: „Im Süden des Landes vegetieren zwei Trockenwälder."

Auch im Bereich der physischen Geographie ist eine treffend verwendete Fachterminologie Grundvoraussetzung für den persönlichen Erfolg...

So gelesen in einer Erdkundeklausur, Klasse 12:

Ein Schüler thematisiert in der Klausur kontrastierend den aufstrebenden Automobilsektor Chinas im Vergleich zum KFZ-Cluster Stuttgarts:

„Sollte es [das Auto] jetzt auch noch qualitativ wertvoll sein, wäre China das neue Stuttgart in Sachen Autos."

Trefflich formuliert...

Und kurz darauf:

„Der chinesische Autobauer Qoros (noch nie gehört!) hat bei einem Crashtest sogar die Höchstnote erreicht."

Hier verdirbt der Schüler durch diese kleine Einlassung in Klammern den eigentlich positiven Eindruck zu seiner Argumentation ...

Erdkunde, Klasse 11, Thema – Klimazonen der Erde:

Schüler: „Der Wasserhaushalt ist semihumid und die Kontinentalität ist maritim."

Und die Maritimität entsprechend kontinental, oder was?

Entweder, oder...

So gelesen in einer Erdkundeklausur, Klasse 12:

„Das Saarland ist ein deutsches ca. 1 Million schweres Bundesland. Es wäre möglich, dass Saarbrücken eine global city wird!"

Das könnte dann doch noch ein wenig dauern...

Erdkunde, Klasse 9, Thema- Landwirtschaft:

Lehrer: „Wie bewertet ihr denn diesen massiven Düngereintrag in der Landwirtschaft?"!

Schüler: „Das ist eine Misshandlung des Bodens, weil die nicht wissen, wo die mit der ganzen Kacke hin sollen!"

Leider etwas unschön formuliert...

Erdkunde, Klasse 11, Thema- Klimazonen:

Schüler: „Die Niederschlagsdurchschnittstemperatur in N´Djamena beträgt 556 mm."

Und wenn es gar nicht anders geht, entwickelt man die Fachsprache einfach weiter...

Geschichte, Klasse 13:

Lehrer: „Das haben wir mehrfach durchgekaut! Das müsst ihr wissen! Wer weiß das denn jetzt alles wirklich nicht?"

Schüler: „Der Lukas und der Ich!"

Oh Herr, lass Hirn regnen!

Pausendialog:

Lehrer: „Und, wo geht bei Dir die Reise hin?"

Schüler: „Hab´ mich bei der Polizei beworben!"

Lehrer: „Interessant! Als was?"

Schüler: „Als Polizist!"

Als gutmeinender Lehrer ist man ja auch an dem Leben der Schüler nach der Schule interessiert…

Erdkunde, Klasse 10, Thema- Naturkatastrophen:

Lehrer: „Um die japanische Bevölkerung frühzeitig vor einem nahenden Tsunami zu warnen, werden dann unter anderem Lautsprecherdurchsagen gemacht."

Schüler: „Das ist cool, auch für Touristen!"

Lehrer: „Aber Du verstehst diese Durchsagen doch gar nicht, oder?"

Schüler: „Oh, Mist, stimmt! Sorry, ich spreche ja gar kein Chinesisch!"

Japan, China, Hauptsache Europa…

Erdkunde, Klasse 11:

Ein Schüler setzt sich intensiv mit einem Mitschüler auseinander und argumentiert diesen wahrlich und nach allen Regeln der Kunst in Grund und Boden.

Auf diese Tatsache hin von ihrem Lehrer ausdrücklich gelobt, erklärt er vor der Klasse nicht ohne Stolz:

„Ich habe mich gewehrt, zu lernen!"

Das wusste der Lehrer auch so schon vorher... und der positive Eindruck war wie weggefegt!

Praktische Philosophie, Klasse 9:

Lehrer: „Hallo! Halte Dich bitte an Deine Arbeitsanweisung: Du bist stumm!"

Schüler: „Ja, aber dann kann ich doch Englisch reden!"

Oh je…

So gelesen in einer Erdkundeklausur, Klasse 12:

„Damit ist Hessen ein land-locked-Bundesland!"

Kreativität ist alles!

Aber einen Zugang zum Meer hat es tatsächlich nicht, soweit stimmt es ja…

Erdkunde, Klasse 8:

Eine Gruppe aus vier (!) Schülern erläutert ihre Entscheidungsfindung während des vorangegangenen Arbeitsprozesses:

Schüler: „Wir haben uns entschieden und mit 3:2 Stimmen abgestimmt!"

Demokratische Grundprinzipien in ihrer Umsetzung und Anwendung…

Geschichte, Klasse 9:

Ein Schüler ist während einer Erarbeitungsphase begeistert ob seines Arbeitstempos und Engagements:

Schüler: „Boar ey, ich habe fünf von drei Aufgaben!"

Nichts das als lieber...

Geschichte, Klasse 11, Thema- Römische Antike:

Schüler: „Und dann wurde Cäsar gestorben!"

Zumindest historisch völlig korrekt...

Geschichte, Klasse 11, Thema- Nationalismus:

Schüler: „Die tragen alle einen Hut, weil die sonst immer Laub auf dem Kopf hätten, da die deutsche Eiche so viel Laub abwirft!"

Beide zu beschreibenden Bildelemente eindrucksvoll in Kongruenz gebracht...

Erdkunde, Klasse 7, Thema: Entstehung der Jahreszeiten:

Schüler: „Auf der Nordhalbkugel dreht sich die Erde nach links, auf der Südhalbkugel nach rechts!"

Beachten Sie beim Überschreiten des Äquators auf die entgegengesetzte Drehung der Halbkugel um Unfälle und Stürze zu vermeiden!

So gelesen in einer Erdkundeklausur, Klasse 11:

„Hier erwünschen sich die ganzen Leute ein viel bessere Zukumpft! [...] Aufgrund der Enge und mangelnden Hygene kommt es schnell zu Epideminen."

Oh je...

Geschichte, Klasse 9, Gruppendiskussion:

Schüler 1: „Das wäre aber mit dieser Aussage viel bedeutsamer, finde ich zumindest!"

Schüler 2: „Nein, das finde ich gar nicht. Das ist doch viel auswirksvoller!"

Um der Bedeutung seiner eigenen Aussage nochmals Nachdruck zu verleihen, kreiere man eigens einen neuen Begriff

So gelesen in einer Erdkundeklausur, Klasse 12:

„Also dem Wachstum der Städtischen Bevölkerung dazu beitragen hätten können hätte auch die verbesserte Lebendsbedingungen in der Stadt, oder auch nicht."

Nochmal bitte...

Biologie, Klasse 12; Thema - Mitose:

Lehrer: „Was macht die Zelle in der Interphase?"

Schüler: „Die Zelle chillt!"

Anglizismen wohin man schaut und/oder hört...

Biologie, Klasse 12, Thema – Neurobiologie:

Lehrer: „Wie bewegen sich die Ionen während eines Aktionspotentials?"

Schüler: „Na, dann müssen die Natriumse rein und die Kaliumse raus!"

Stimmt im Wesentlichen, wenngleich die Ionse so nicht existieren...

Deutsch, Klasse 7, Thema – Balladen:

Den Schüler wird ein Lied vorgespielt und der Text zum Mitlesen ausgeteilt.

Lehrer: „Ist das eine Ballade?"

Schüler: „Nee, das ist ein Songtext!"

Ach so...

Geschichte, Klasse 12, Thema- Weimarer Republik:

Der Lehrer hat ein Foto Hindenburgs mitgebracht, worauf eine Schülerin spontan bemerkt:

Schüler: „Hindenburg sieht aus wie ein Mops!"

Über Schönheit lässt sich ja bekanntlich streiten!

Erdkunde, Klasse 11, Diskussionsfetzen:

Schüler: „Wie soll das denn da gehen? Da fehlen doch die notwendigen Rohstoffreservate."

Direkt neben den Apachen und Sioux...

„Da finden sich viele Auluminiumwerke."

Gut für die Kaurosserieproduktion...

„Das ist eine Baute."

Gemeint war ein Gebäude!

Ähnliches gibt es aber auch in der historischen Diskussion:

„Die Erstarkung der Nationalsozialisten erklärt aber auch die Scheiterung der Weimarer Republik."

Eine entsprechende Fachterminologie ist existentiell für die wissenschaftliche Diskussion...

Deutsch, Klasse 9, Textanalyse:

Lehrer liest eine Textstelle vor, fragt anschließend:

„"Tausend Haare in der Suppe." Was bedeutet das denn?"

Schüler: „Haarausfall!"

Sehr schlagfertig, alle Achtung!

Geschichte, Klasse 12, Thema – Deutsches Kaiserreich:

Schüler: „Der Maler preist den Kaiser an!"

„Kaiser kostengünstig abzugeben – nicht ganz frisch, aber noch gut in Schuss! Heute im Sonderangebot!"

So gelesen im Vorwort einer Facharbeit, Klasse 11:

„Erst ein ganz großes Dankeschön an meinen Lehrer für seine Unterstützung! Und ich hoffe auch auf weitere bei der Bewertung meiner Facharbeit. Ich denke, dass sich bestimmt noch viele Fehler in meine Facharbeit eingeschlichen haben und würde gerne eine ehrliche Bewertung bekommen. Schließlich möchte ich studieren und es dort (viel) besser machen."

Eine ehrliche Bewertung... tja, das wird unter diesen Umständen schwierig... ich will ihm ja nicht den Weg verbauen...

Geschichte, Klasse 11, Thema – Gesellschaft im deutschen Kaiserreich:

Schüler: „So war das in der Monarchie, die ja auch alles andere als demokratisch ist! Und das alles begann, als dann Bismarck nicht mehr Kaiser war."

Bekannt war ja die wenig demokratische Struktur einer Monarchie, aber bezüglich Bismarcks müssen die Geschichtsbücher neu geschrieben werden...

So gelesen in einer Geschichtsklausur, Klasse 13:

„Des Weiteren sieht Wehler in der antidemokratischen Einstellung, welche sich spätestens 1925 mit der Wahl Hindenburgs zum Reichspräsidenten zeigte und den breiten Nährboden für die Neue Rechte eine weitere Folge ausgelöst durch die Nichtauseinandersetzung mit der Wahrheit vor dem Krieg! [...] Dass er sich mehr dem Prunk hingab als sich um die Probleme der Bevölkerung zu kümmern, die da wären das er sich der Arbeiterschicht und deren Probleme weitgehend blind und taub zeigte und den durch Bismarck begonnenen Gang nicht weiter ging."

Ich bin raus!

Geschichte, Klasse 12:

Schüler: „Zu diesem Punkt kann ich jetzt keine weitere Assoziation geben, aber zumindest fällt er mir ein."

Und manchmal muss man sich eben auch damit zufriedengeben, was man hat...

Geschichte, Klasse 7, Thema – Dreifelderwirtschaft:

Lehrer: „Was machen denn demgegenüber die Bauern?"

Schüler: „Die bewirten ihre Felder!"

Schließlich sollen diese sich ja auch wohlfühlen und hierzu gehört ja auch das leibliche Wohl...

Geschichte, Klasse 9, Thema – Gesellschaftstheorie:

Lehrer: „Was ist denn überhaupt ein Aristokrat?"

Schüler: „Ein Astronaut!"

War einen Versuch wert – ersetze ein Fremdwort einfach mit einem anderen... Abgesehen davon ging es thematisch um die Mitte des 18. Jahrhundert!

Biologie, Klasse 9, Thema – Sexualkunde:

Lehrer: „Welche Verhütungsmittel kennt ihr denn?"

Schüler 1: „Kondome und die Antibabypille!"

Schüler 2: „So eine Spirale, glaube ich!"

Schüler 3: „Viagra?"

Dann doch wohl eher kontraproduktiv...

Geschichte, Klasse 9, Thema – Pauperismus:

Lehrer: „Weite Teile der deutschen Bevölkerung sind verarmt, viele hungern! Was kann man tun?"

Schüler: „Peter Zwegat!"

Da verbringt jemand eindeutig zu viel Zeit vor dem TV...

Geschichte, Klasse 8, Thema – Industrialisierung:

Lehrer: „Was macht denn aber ein Arbeiter, der von seinem Arbeitgeber gefeuert wurde und kein Geld für einen Anwalt hat?"

Schüler: „Der studiert Jura und klagt den Arbeitgeber dann an!"

Kann man machen...

Geschichte, Klasse 9, Thema – Britischer Imperialismus:

Lehrer: „Das war also der gewaltlose Widerstand Mahatma Gandhis. Wir könnten über Mahatma Gandhi da übrigens auch den gleichnamigen Film gucken!"

Schüler: „Wie heißt der Film denn?"

Plötzlich einsetzender Kopfschmerz...

Geschichte, Klasse 10, Thema – Kalter Krieg:

Lehrer: „Heute gibt es eine kreative Aufgabe zu lösen! Bitte zeichnet eine Karikatur zum Kalten Krieg!"

Schüler: „Cool, da zeichne ich einen Krieg und da schneit es dann!"

Dann ziehen wir uns am besten ganz warm an...

Ordinariatsstunde, Klasse 7:

Ein Schüler fehlt im Unterricht und entsprechend auch bei der Überprüfung der Adressen.

Lehrer: „Weiß jemand, wo der wohnt?"

Schüler 1: „Ich kenne seine Adresse, aber die Telefonnummer nicht!"

Lehrer: „Immerhin! Wenn man die Adresse hat, kann man die Telefonnummer ja einfach herausfinden."

Schüler 2: „Wie das denn? Soll ich dem dann einen Brief schreiben, oder was?"

Das könnte man sicherlich versuchen...

Erdkunde, Klasse 8, Stillarbeitsphase:

Lehrer: „Und, wie weit bist Du?"

Schüler: „Das was ich hab, habe ich fertig!"

Schönes Schlusswort!

Zeitfracht Medien GmbH
Ferdinand-Jühlke-Straße 7
99095 Erfurt, Deutschland
produktsicherheit@kolibri360.de